Otis

LOREN LONG

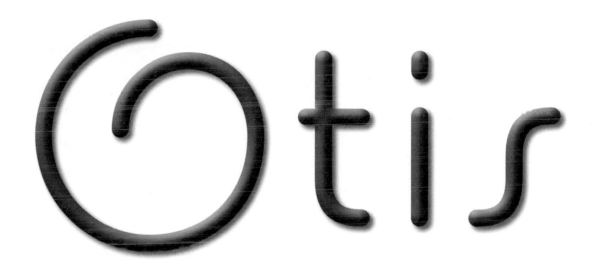

Otis

SCHOLASTIC INC.

Originally published in English as *Otis* by Philomel Books, a division of Penguin Young Readers Group.

Copyright © 2009 by Loren Long
Translation copyright © 2015 by Scholastic Inc.

ISBN 978-0-545-90644-9

10 9 8 7 6 5 4 3 2 1   15 16 17 18 19

Printed in the U.S.A.   08

First Scholastic Spanish printing, September 2015

Design by Semadar Megged.
Text set in Engine
the art was created in gouache and pencil.

Había una vez un tractorcito muy amigable. Se llamaba Otis, y trabajaba todos los días junto a su granjero en la granja. A Otis le gustaba trabajar.

Pero después de trabajar duro todo el día, Otis estaba listo para
descansar y jugar. Andaba por las lomas y alrededor del estanque
de lodo que estaba al lado del maizal.

Saltaba por encima de las pacas de heno y atravesaba los almiares.

A veces, perseguía conejos o jugaba a la rueda rueda con los patos al ritmo de su *trac trac tráqueti trac*.

Y de vez en cuando, al final del día, se sentaba bajo el manzano y contemplaba la granja al pie de la loma.

Todas las noches, cansado pero contento, Otis llegaba a su pequeña
casilla en el establo.

Una noche en que Otis dormía, el granjero llevó al establo
a una bellísima ternerita. La ternera chilló y chilló llamando
a su mamá, pero cuando oyó unos suaves resoplidos,
trac trac tráqueti trac, que provenían de la casilla contigua,
dejó de chillar y se quedó dormida.

Desde ese día, la ternera comenzó a seguir al pequeño tractor por todas partes. *Trac trac tráqueti trac.* Lo seguía por las lomas y alrededor del estanque de lodo. Lo seguía de cerca cuando saltaba por encima de las pacas de heno.

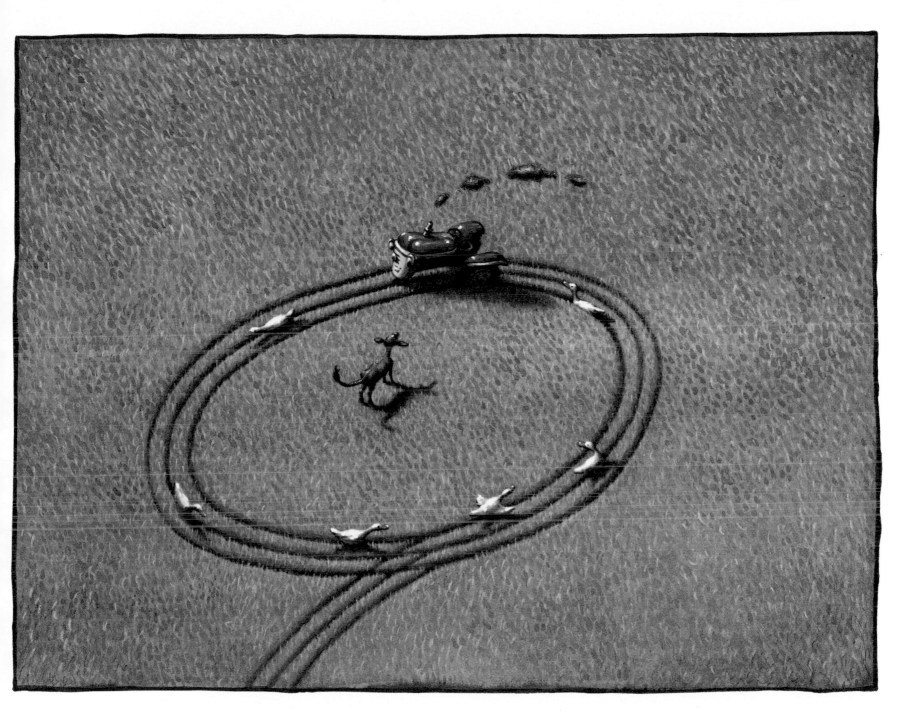

Y la ternera hacía que los juegos de la rueda rueda fueran más divertidos.

De vez en cuando, al final del día, los dos se sentaban bajo
el manzano y contemplaban la granja al pie de la loma.
Otis quería a la ternerita y la ternerita quería a Otis.

Un día, el granjero los sorprendió a todos con un nuevo tractor amarillo.

—Llegó la hora de mudarte, Otis —dijo el granjero.

Sacó a Otis de su casilla y lo estacionó detrás del establo.

Luego estacionó al gran tractor amarillo en la casilla contigua a la de la ternera.

Pero a la ternerita no le gustaba el gran tractor amarillo.
Tenía un ronquido profundo y atronador que hacía temblar la
casilla cuando dormía. La ternerita no tenía quien la arrullara
suavemente para que se quedara dormida. No tenía con quién
pasar los días.

¿Y Otis? Otis ni siquiera podía ver su granja porque la hierba
comenzó a cubrirle las ruedas. Su amiga solía sentarse a su lado,
pero no lograba que jugara como antes.

Recién comenzado el verano, el granjero vio un anuncio: "¿Quién tiene la ternera más linda de la región? ¡Los jueces lo decidirán en la Feria del Condado y premiarán a la ganadora con una elegante cinta azul!". El granjero sabía la respuesta. Presentaría a su ternera.

Pero llegó la mañana de la feria y nadie sabía dónde estaba la ternerita. Había ido a refrescarse cerca del estanque de lodo que estaba al lado del maizal.

Cuando se metió en el agua turbia, sus patas se hundieron. Con cada paso se hundía más y más hondo.

La ternerita estaba atascada en el estanque.

—¡Llamen a los trabajadores! —gritó el granjero al verla.
Todos los trabajadores corrieron con sogas, pero entre más
tiraban, más se atascaba la ternera.

—¡Traigan el gran tractor amarillo! —gritó el granjero—. Él puede salvarla.
Pero el gran tractor solo logró asustar a la ternera. Se hundió más y más
hondo. Los granjeros vecinos llegaron a ver.

—¡Llamen a Douglas, el jefe de los bomberos, y su camión de bomberos! —gritó el granjero—. Ellos podrán salvarla.

Pero al ver el gran camión rojo de los bomberos, la ternera se asustó y se hundió más.

El granjero se enojó mucho... si los trabajadores, el gran tractor, el jefe de los bomberos y su camión no podían salvar a la ternerita, ¿quién podría hacerlo?

De repente, las orejas de la ternerita se pararon. Por encima del murmullo de la gente, oyó que a lo lejos sonaba un suave y rítmico *trac trac tráqueti trac*. La gente se volteó a mirar.

El ruido se hizo más fuerte, **trac trac tráqueti trac.** Y de repente, Otis le dio la vuelta al establo. Viró y se dirigió directamente al estanque de lodo.

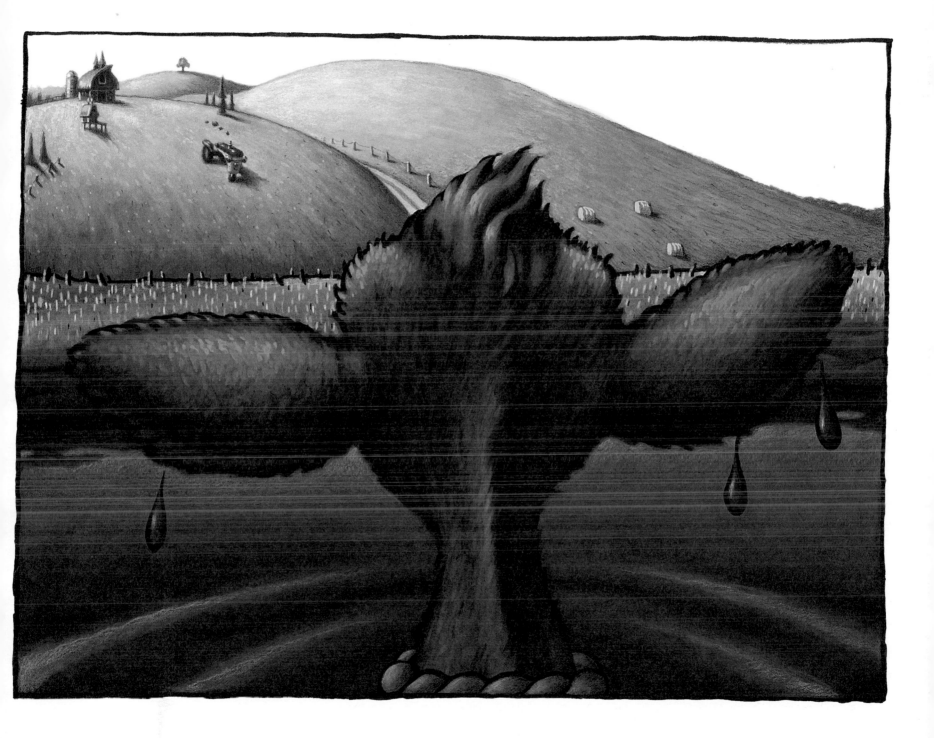

Otis sopló y resopló por la loma y llegó hasta la orilla del estanque. La ternera oyó a su amigo y chilló. Fue algo así como un saludo.

Luego, con su suave resoplido y ante la mirada atónita de toda la gente, Otis comenzó a darle vueltas al estanque lentamente.

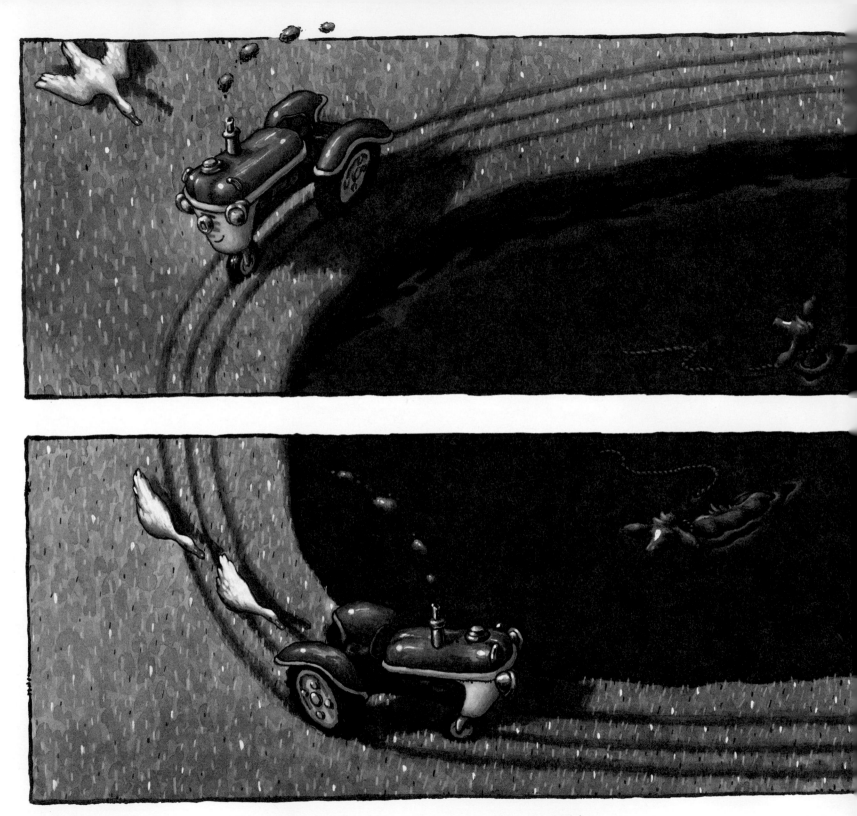

Dio vueltas y vueltas, y la ternerita también,

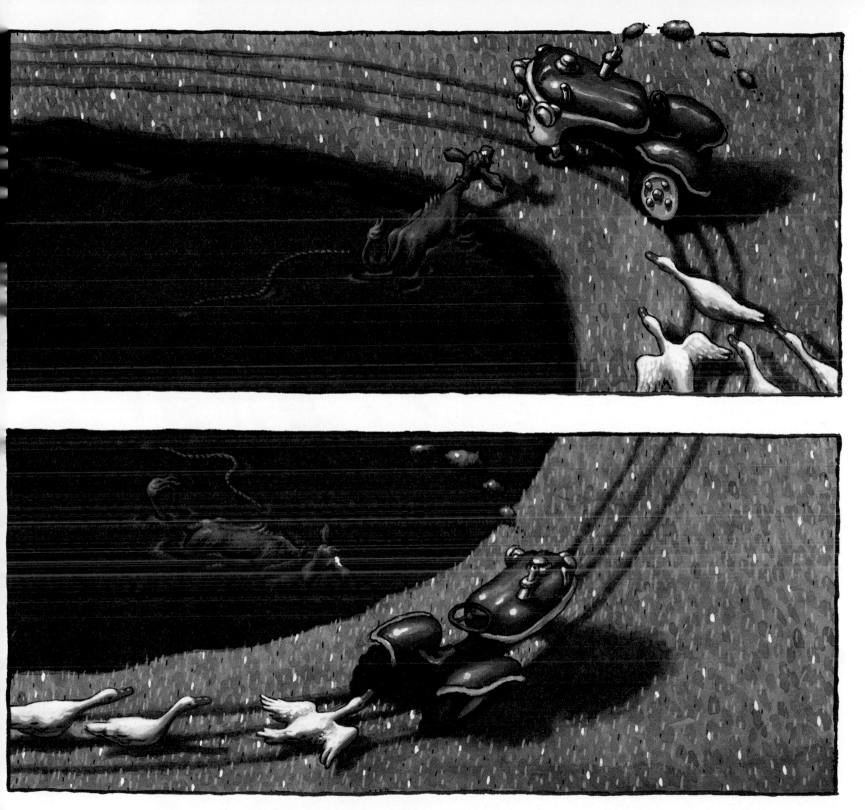

sin quitarle los ojos de encima.

Con cada anillo que Otis dibujaba alrededor del estanque, el lodo fue aflojándose hasta que la ternera pudo salir del estanque por sí sola.

Los dos amigos se habían reencontrado.

Otis guió a la ternera por la carretera polvorienta hasta el pueblo.

Al verlos pasar, la gente les tiraba flores y los seguía. Parecía un alegre desfile.

Nadie necesitaba ver una elegante cinta azul para saber que la ternera era una ternera especial, que Otis era un tractor especial y que los dos tenían una amistad especial.

Desde ese día, el granjero descubrió que cuando Otis resoplaba suavemente cerca del gallinero, sus gallinas ponían más huevos. A la hora del ordeño, las vacas producían más leche si oían el rítmico resoplido de Otis. A veces, Otis incluso acompañaba al granjero y al gran tractor amarillo en los cultivos.

Pero con frecuencia, al final del día, Otis no hacía más que sentarse con su amiga bajo el manzano y contemplar la granja al pie de la loma.

Fin